AF363801

Vente du Lundi 8 Décembre 1879.

HÔTEL DROUOT, SALLE N° 8

Mr. Tapié

JOLIES

PORCELAINES DE SAXE

PROVENANT

DE LA COLLECTION D'UN AMATEUR

EXPOSITION PUBLIQUE

Le Dimanche 7 Décembre 1879

DE UNE HEURE A CINQ HEURES

COMMISSAIRE-PRISEUR

M^e CH. PILLET

10, rue de la Grange-Batelière.

EXPERT

M. CH. MANNHEIM,

7, rue Saint-Georges

CATALOGUE

D'UNE JOLIE COLLECTION

D'ANCIENNES

PORCELAINES DE SAXE

TELLES QUE

Groupes, Figurines, Candélabres, Vases, Jardinières, Consoles de suspension,

Corbeilles, Tabatière, Flacon, Belles soupières, Écuelle,

Plats, Assiettes, Fleurs détachées, etc.

Boîtes en émail de Saxe,

Quelques pièces en faïence

Provenant de la Collection d'un Amateur

ET DONT LA VENTE AURA LIEU

HOTEL DROUOT, SALLE N° 8

Le Lundi 8 Décembre 1879,

A DEUX HEURES.

Par le ministère de **Me CHARLES PILLET**, Commissaire-Priseur,

10, rue de la Grange-Batelière,

Assisté de **M. CHARLES MANNHEIM**, Expert,

7, rue Saint-Georges.

Chez lesquels se trouve le présent Catalogue.

Exposition Publique : le Dimanche 7 Décembre 1879

De 1 heure à 5 heures.

CONDITIONS DE LA VENTE

Elle sera faite au comptant.

Les adjudicataires payeront *cinq pour cent* en sus des enchères.

L'exposition mettant le public à même de se rendre compte de l'état des objets, il ne sera admis aucune réclamation une fois l'adjudication prononcée.

Paris. — Typ. PILLET et DUMOULIN, 5, rue des Grands-Augustins.

DÉSIGNATION DES OBJETS

GROUPES ET STATUETTES

1 — Deux candélabres formés chacun d'un groupe de
deux enfants, en ancienne porcelaine de Saxe ; ils
tiennent un tronc d'arbre d'où s'échappent trois branches en bronze doré, garnies de fleurettes en porcelaine. Les pieds rocaille sont en bronze doré.

2 — Joli groupe formant porte-montre en ancienne porcelaine de Saxe, et composé des figures du Temps et de
l'Amour.

3 — Joli groupe en ancienne porcelaine de Saxe, composé de quatre figures d'enfants et représentant le
Printemps.

4 — Autre joli groupe en ancienne porcelaine de Saxe,
composé de quatre figures d'enfants. Celui-ci repré-
sente l'Été.

5 — Groupe en ancienne porcelaine de Saxe, composé
également de quatre figures d'enfants et représentant
l'Automne.

6 — Autre groupe en ancienne porcelaine de Saxe, composé de quatre figures d'enfants représentant l'Hiver.

7 — Joli groupe en ancienne porcelaine de Saxe, composé de quatre figures d'enfants dansant autour d'une colonne.

8 — Joli groupe en ancienne porcelaine de Saxe, composé de trois petits génies soutenant deux écussons surmontés de couronnes. Le socle à gorge est de forme triangulaire.

9 — Deux jolis vide-poches formés chacun d'une figure assise, costumée à l'orientale et tenant une coquille, en ancienne porcelaine de Saxe.

10 — Figurine de la Justice en ancienne porcelaine de Saxe ; elle tient un glaive de la main droite et une balance de la main gauche.

11 — Statuette de Charpentier, debout, en ancienne porcelaine de Saxe.

12 — Joli petit groupe en ancienne porcelaine de Saxe ; jardinière assise et mouton.

13 — Petit groupe en ancienne porcelaine de Saxe ; jeune garçon faisant danser un chien au son de la musette ; près de lui un mouton couché.

14 — Joli mouton couché en ancienne porcelaine de Saxe.

15 — Beau groupe de quatre figures en ancienne porcelaine de Saxe ; l'amour tabellion.

16 — Autre joli groupe en ancienne porcelaine de Saxe ; Léda, le Cygne et l'Amour.

17 — Deux figurines en ancienne porcelaine de Saxe ; marchand et marchande de poissons.

18 — Petit groupe en ancienne porcelaine de Saxe ; enfant à demi couché jouant avec un oiseau en cage.

19 — Petit groupe en ancienne porcelaine de Saxe, composé d'une figurine de jardinier et d'une figurine de jardinière, placées dos à dos et séparées par un petit arbuste garni de fleurettes.

20 — Quatre petits groupes d'angles, composés chacun de deux figurines d'amours représentant des sujets allégoriques, en porcelaine de Saxe, et montés chacun sur un socle en marbre rouge antique, avec moulures en marbre jaune antique.

21 — Statuette en ancienne porcelaine de Saxe ; Mercure debout sur socle carré.

22 — Statuette en ancienne porcelaine de Saxe ; menuisier debout sur terrasse rocailleuse.

23 — Quatre jolis petits bustes représentant les saisons, en ancienne porcelaine de Saxe, sur socles surbaissés à ornements gaufrés et décorés de fleurs.

24 — Deux figurines en ancienne porcelaine de Saxe; jardinier et vendangeur.

25 — Deux jolis groupes en ancienne porcelaine de Frankenthal, composés chacun d'un petit pavillon et de deux figurines costumées à la chinoise.

26 — Groupe en faïence italienne composé de deux figures; Amphitrite dans un char traîné par deux dauphins et entouré d'amours.

27 — Joli groupe en ancienne porcelaine blanche de Saxe; trois chiens combattant un loup.

28 — Joli coq debout en ancienne porcelaine de Saxe.

29 — Deux oiseaux sur troncs d'arbre, en ancienne porcelaine de Saxe, et montés sur des socles carrés à ornements découpés à jour, avec branchages et fleurettes en relief.

30 — Deux oiseaux analogues à ceux qui précèdent, mais plus petits.

31 — Loup assis en ancienne porcelaine blanche de Saxe.

VASES ET PIÈCES DIVERSES

32 — Belle garniture de trois vases : potiche et deux cor-
nets à panse renflée, en ancienne porcelaine de Saxe
gaufrée, à vannerie et enrichis d'oiseaux et de fleurs,
en ronde bosse rapportés. Ils sont montés sur des socles rocaille en bronze doré.

33 — Joli vase, modèle potiche à couvercle, en ancienne
porcelaine de Saxe, à fond jaune et médaillons, sujets
chinois en couleurs.

34 — Joli petit vase en forme de balustre, en ancienne
porcelaine de Saxe, décoré d'un sujet Watteau et de
fleurs. Belle qualité.

35 — Petit vase pot-pourri à couvercle, en ancienne porcelaine de Saxe, décoré d'ornements sur fond vert et
de jetés de fleurs en couleurs. Le col est garni en
cuivre doré.

36 — Vase de même forme, décoré d'imbrications bleues
et de festons de fleurs.

37 — Deux petits vases en forme de balustre, à côtes et à
deux anses, en ancienne porcelaine de Saxe, décorés
de fleurs.

38 — Deux jolis vases brûle-parfums en forme de fruit,
en ancienne porcelaine de Saxe, avec branchages et
fleurs en relief, décorés en couleurs et reposant sur
des terrasses. Les couvercles bombés et à fleurette
sont en cuivre doré.

39 -- Deux jolies jardinières de forme carrée, en ancienne
porcelaine de Saxe, à ornements gaufrés en relief et
décorées de fleurs peintes.

40 — Deux jolies consoles de suspension, en ancienne porcelaine de Saxe, modèle rocaille à fleurettes en relief.

41 — Petite corbeille porte-fleurs en porcelaine anglaise,
avec fleurs en relief.

42 — Deux jolis petits vases en forme de balustre hexa-
gone, en ancienne porcelaine de Saxe, décorés de
paysages.

43 — Deux cendriers en forme de tonnelets, à anse, en
ancienne porcelaine de Saxe, décorés de fleurs et à
bande gaufrée.

44 — Deux godets pour encrier, en ancienne porcelaine
de Saxe, décorés de fleurs.

45 — Sonnette en porcelaine de Saxe à fond jaune et médaillon de paysage, en camaïeu carmin.

46 — Deux petits vases à deux anses, décorés de médaillons, sujets champêtres, et de fleurs. Les boutons des
couvercles sont formés de fleurs et de fruits.

47 — Trois colonnettes en ancienne porcelaine de Saxe, à
branchages et fleurettes en relief.

48 — Petite jardinière carrée et évasée, en ancienne porcelaine de Saxe, à fleurettes et quadrillages gaufrés en
relief.

49 — Deux très petits vases forme Médicis, en ancienne
porcelaine de Saxe, décorés de fleurs avec tores de lau-
riers et bases en cuivre doré.

50 — Deux petits vases en forme de balustre à anses dauphins, en ancienne porcelaine de Saxe, décorés de
fleurs. Ils sont montés sur des socles rocaille en bronze
doré.

51 — Petit vase à côtes et à couvercle, en vieux Saxe,
décoré de fleurs, avec socle carré à gorge.

52 — Deux petits vases à ornements rocaille gaufrés en
relief, en ancienne porcelaine de Saxe, sur socles carrés, décorés de fleurs.

53 — Deux consoles de suspension en faïence allemande,
composées d'ornements rocaille et ornées chacune
d'un oiseau en ronde bosse.

54 — Corbeille ovale en ancienne porcelaine de Saxe à fleurettes en relief, peintes en couleurs et anses formées de branchages.

55 — Petite corbeille ronde de même qualité.

56 — Petite corbeille oblongue à quatre lobes, en ancienne porcelaine d'Allemagne, décorée de fleurs et de fruits.

57 — Deux jolis petits vases modèle rocaille, d'où s'échappent des branches de fleurs, en ancienne porcelaine de Saxe, avec socles composés d'ornements à jour et de branchages en relief.

58 — Deux autres petits vases ronds à deux anses, en vieux Saxe, décorés de fleurs et à socles surbaissés.

59 — Deux petits flambeaux modèle rocaille, en ancienne porcelaine de Saxe ; décorés de fleurs.

60 — Boîte à jeux, contenant quatre petites boîtes à jetons, le tout décoré de fleurs. Le couvercle porte en plus quatre cartes simulées et son bouton est formé d'une fleur.

61 — Jardinière ronde à bord évasé et à deux anses, en ancienne porcelaine de Saxe à imbrications bleues et décor de fleurs. Elle est garnie d'une monture en bronze doré et marbre blanc. du temps de Louis XVI.

62 — Petite fontaine de forme ovoïde en vieux Saxe, décorée de fleurs et montée en bronze doré.

63 — Dessus de brosse carré et bombé, en ancienne porcelaine de Saxe, composé d'ornements rocaille découpés à jour et orné de petits médaillons à sujets Watteau.

64 — Cinq très petits vases en ancienne porcelaine de Saxe, modèle rocaille, à anses têtes de béliers, décorés de fleurs.

65 — Quenouille en ancienne porcelaine de Saxe, décorée de fleurs.

66 — Deux petits flacons rocaille, décorés en camaïeu carmin.

67 — Joli lot de fleurs et fleurettes en ancienne porcelaine de Saxe et autres.

TABATIÈRES

68 — Boîte en ancienne porcelaine de Saxe de forme oblongue, décorée de fleurs et d'un groupe de trois enfants jouant, à l'intérieur du couvercle.

69 — Boîte carrée en émail de Saxe décorée de sujets champêtres dans le goût de Watteau.

70 — Boîte carrée en émail de Saxe à fond blanc et quadrillage d'or.

71 — Boîte oblongue en émail, décorée d'un sujet champêtre et de paysages ; monture en argent doré. Travail moderne.

CABARET ET PIÈCES DE SERVICE

72 — Grande et belle soupière ronde avec couvercle et plateau en ancienne porcelaine de Saxe gaufrée à vannerie et décorée de médaillons de fleurs et d'insectes. La poignée du couvercle est formée d'une branche de fleurs.

73 — Soupière analogue à celle qui précède, mais plus petite.

74 — Cabaret en poterie brune (de Bœttcher ?) décoré d'armoiries et de riches ornements dorés. Il se compose de : une cafetière, une petite théière, un flacon à thé, un bol, quatre tasses et cinq soucoupes.

75 — Six belles assiettes en ancienne porcelaine de Saxe, décorées chacune d'un médaillon, cavaliers dans un paysage et de bouquets de fleurs au marli.

76 — Deux grands et beaux plats ronds en ancienne porcelaine de Saxe à fleurs gaufrées en relief et fleur finement peintes.

77 — Plat rond en vieux Saxe à bords gaufrés et fleurs peintes.

78 — Plat rond en vieux Saxe à décor de style chinois, fleurs et animaux.

79 — Trois plats longs en vieux Saxe, à bords et anses gaufrées et décor de fleurs.

80 — Deux plats de même qualité, mais moins grands.

81 — Joli miroir oblong en ancienne porcelaine de Saxe, à bords gaufrés et décor de fleurs. Le bouton du couvercle est formé d'une fraise.

82 — Jolie écuelle avec couvercle et plateau en ancienne porcelaine de Saxe, couverte de fleurs en relief et décorée à l'intérieur de petits médaillons en camaïeu rose sur fond d'or.

83 — Terrine de forme ronde à couvercle, en ancienne porcelaine de Saxe, à décor de fleurs et ornements en couleurs de style chinois. La poignée du couvercle et les anses sont formées de poissons.

84 — Chope de forme cylindrique en porcelaine de Saxe décorée d'un sujet chinois en couleurs, d'un médaillon marine en camaïeu carmin et d'insectes.

85 — Deux beurriers formés de petits choux en ancienne porcelaine de Saxe, avec plateaux ronds adhérents, à bords à jour et décor de fleurs.

86 — Saucière oblongue à deux anses, en ancienne porcelaine de Saxe décorée de fleurs.

87 — Saucière à une anse, formée de feuilles en ancienne porcelaine de Saxe.